souvenir de son être
l'auteur
Cte de Quinsonas

LE DERNIER MOT

SUR LA

...ON DE DIOMÈDE

OU

...ENANT DE POMPÉI

SATIRE EN PROSE

PARIS

IMPRIMERIE BALITOUT, QUESTROY & Cie

7, RUE BAILLIF, ET RUE DE VALOIS, 18

1869

LE DERNIER MOT

SUR

LA MAISON DE DIOMÈDE

°Z. Le Senne

1011

LE DERNIER MOT

SUR LA

MAISON DE DIOMÈDE

OU

UN REVENANT DE POMPÉI

SATIRE EN PROSE

PARIS

IMPRIMERIE BALITOUT, QUESTROY & Cᵉ

7, RUE BAILLIF, ET RUE DE VALOIS, 18

—

1869

LE DERNIER MOT

SUR LA

MAISON DE DIOMÈDE

OU

UN REVENANT DE POMPÉÏ

SATIRE EN PROSE

Voici une boutade rétrospective, véritable ex-centricité de *l'autre monde*, communiquée par un adepte de ce qu'on disait hier encore les tables tournantes aujourd'hui bien démodées, on peut le dire même, oubliées totalement.

En effet, les sinistres éventualités d'une triste politique sans boussole, les craintes si légitimes d'une épouvantable guerre, duel gigantesque et fatal que l'on s'obstine, par plus d'un indice, à croire prochaine, inévitable; les lugubres ap-préhensions d'un problématique avenir aussi me-naçant qu'incertain, horizon surchargé non plus seulement de *points noirs* mais bien de sombres, d'effrayants nuages; enfin les ruines et les désastres des exploits *mexicains, italiens* ou *prussiens,* les frères *Isaac* et *Emile Pereire* aidant, ces grands financiers si intelligents de leur époque!... tout cela ne suffit que trop, hélas! à faire oublier plus que les tables tournantes, à rendre indifférent aux questions d'art, à détraquer même beaucoup trop de pauvres cervelles. Chacun se dit, effaré : « Où allons-nous? » Nul ne saurait dire où nous allons. Tout cela a fait et fera malheureusement encore tourner bien des têtes et tourner aussi, peut-être, du mauvais côté la roue si inconstante de la Fortune changeante. Et pourtant quelques heureux à courte vue trouvent que pour eux, sans doute, tout va pour le mieux et dans le meilleur des mondes possibles !

Un partisan quand même des esprits frappeurs nous adressant cette élucubration étrange, frappé lui aussi, attristé comme tout ami des arts de la démolition prochaine et imminente, après tout regrettable, du palais pompéien, voulut y évoquer sur place la vieille ombre du vieux pompéïen Arrius Diomède.

Celui-ci, interrogé carrément sur ses impressions personnelles au sujet du pauvre monument fatalement condamné par le sort et l'ineptie des temps où nous sommes, aurait, un peu trop sans façon peut-être, brutalement même dans sa mauvaise humeur, rédigé ainsi sa manière de voir très-franche que nous publions telle quelle, mais sous toutes réserves on le comprendra facilement, voulant lui laisser toute sa responsabilité *de revenant* sur le chef assez délicat de *manœuvres à l'intérieur*, et ses appréciations plutôt sévères d'un présent, bien fait, convenons-en, pour l'étonner un peu, mettons-nous à sa place. C'est lui qui parle.

I.

En revoyant la lumière du jour je débuterai tout d'abord par un reproche amer, une imprécation de quelques paroles bien senties aux dieux mânes, *Dis manibus!* Que ne me laissiez-vous dormir en paix de l'éternel et profond sommeil de *l'amenti!* Dormir dans la sombre nuit d'un passé bien fini, qui ne peut renaître et à preuve, car ce qui est si loin est mort et bien mort! Inutile serait toute tentative de résurrection. Quoi! une évocation puérile et même cruelle, la bourgeoise et indiscrète curiosité d'un *medium* peut donc, sans nécessité, exposer mon ombre méridionale aux septentrionales impressions du froid et humide brouillard des Gaules, sous le vain prétexte de *Champs-Elysées,* où feu mon bel hôtel artistique sis à l'entrée de la rue des Tombeaux, près de la porte ; à feu Pompeï, la ville engloutie (peu importe si j'oubliai le numéro), se trouve reconstruit, restauré, et, je l'avoue, perfectionné même à très-grands frais comme par une puissante et magique baguette !... baguette dorée, de toutes la plus puissante. Evohé! Evohé ! Canidie, classique sorcière, vieille magicienne dont on parla beaucoup jadis, tu me parais distancée; décidément les modernes sont très-forts.

O surprise ! c'est bien là mon palais, toujours beau comme l'antique, oublié, incompris de ces barbares, et transporté dans la *Séquanaise* uniquement, paraît-il, pour me causer l'inutile regret d'un trop court *revenez-y,* et disparaître bien vite après pour s'évanouir comme un fantastique météore dont il ne restera bientôt plus qu'un vague souvenir.

Franchement ce n'était pas trop la peine, car il est dur d'être dérangé pour si peu et de revenir d'aussi loin pour ne remporter là-bas qu'un regret de plus et la banale constatation philosophique des vanités, du néant des grandeurs princières, de l'inconstance, et de la futilité toujours croissante de l'espèce humaine, de la niaiserie illettrée de ce bas monde. *Laudator temporis acti,* vont-ils dire, n'importe, je suis loin de le regretter, ce monde, malgré tout ce qui fut découvert de neuf, inventé ou perfectionné depuis nous par ces gens là, qui rient, hélas! et s'amusent des revues de M. Flan !

A grand'peine en excepterai-je tout au plus, peut-être, le *vélocipède,* invention il est vrai économique et sublime, ou encore les innombrables et salutaires dérivés du caoutchouc.

Mais à leur place, pour eux, j'aurais préféré moins de progrès et d'impôts surtout, plus de tranquillité stable par exemple; moins de journaux peut-être, plus de libertés et la vie à bon marché dont ils s'éloignent de plus en plus, il me semble.

Cruelle, lamentable destinée!... Comme poésie du moins, passe encore la grande destruction historique par le gigantesque cataclysme du Vésuve en feu. Finir ainsi était grandiose, et bien disparaître de la scène du monde, une sortie convenable. Mais, infamie! pardon, *infandum* voulais-je dire, car c'est plus couleur locale, oui, l'ombre de mes rares cheveux s'en hérisse d'horreur je crois vraiment sur l'ombre de ma pauvre tête pourtant rasée de frais, il semble bien m'en souvenir encore, au **moment de l'éruption.**

Malédiction sur vous, modernes! Comment, finir aussi prosaïquement pour la seconde édition et la représentation finale, par les vulgaires et honteuses ignominies du marteau et du pic brutal des démolisseurs! Tomber, qui l'aurait dit, sous le compas et le tire-ligne impassible des architectes, sous les calculs avides des entrepreneurs rapaces, estimant, brocantant d'avance les terrains et de nobles débris qui vont passer aux mains viles des revendeurs!

Ah! sans pitié et pour leur justification timide, ils allèguent barbarement, les Vandales, que la superficie totale trouve à tant la coudée, — ce qu'ils appellent je crois le mètre, — un diviseur honnête et très-suffisamment rémunérateur pour y édifier un grand nombre de jolis petits hôtels confortables, jusqu'à huit ou neuf! mais gringalets, mesquins comme tout ce qu'ils font. Ce sera vraiment honteux, déplorable. Voir tomber un véritable monument, qu'ils ne surent apprécier ni comprendre, pour faire place à une petite cité de coquettes mais petites demeures, ainsi appropriées, par leurs étroites proportions, aux besoins rétrécis, à leurs mœurs bourgeoises, aux toutes petites fortunes du jour. Mais ne faut-il pas d'humbles logis pour ceux qui persistent à rester encore honnêtes, les niais! et le nombre n'en est pas déjà si grand. Pauvres patrimoines déjà si réduits, et qui diminueront encore, ébréchés à chaque génération appauvrie par le stupide partage égal, monstrueuse, incroyable ineptie démocratique. Leur démocratie haineuse et tracassière bientôt m'aura cruellement vengé par la ruine universelle, inévitable de leur moderne société dont ils ont le ridicule d'être infiniment trop fiers. Sous ce rapport et sous beaucoup d'autres certes! nous étions bien plus forts qu'eux; car, chez nous, puissamment organisée et constituée, riche, nombreuse, et se perpétuant vivace, indépendante et prospère, la famille fut toujours la force vitale, la plus solide base de l'Etat, cette grande famille. Mais ces grands enfants semblent, dans leur stupide orgueil égalitaire, ne se préoccuper que d'une seule et unique chose : tout jalouser, tout abaisser, tout rapetisser et niveler autour d'eux. Ils en viendront vite à bout.

Au premier instant, je l'avoue, cette désinance un peu libertine *de petite maison* affligeait mon oreille prude et austère; mais en y réfléchissant, c'est, me suis-je dit, l'inévitable conséquence fatale de la petitesse de leurs existences rétrécies par l'égalité. Ces bicoques étroites qui vont me remplacer, bientôt trop grandes, disparaîtront à leur tour jalousées, pour faire place à quelque chose, s'il se peut, de plus amoindri, de plus vulgaire encore, une ruche quelconque, des maisons de location au rabais d'abord, puis une cité ouvrière ensuite, après le déluge. Tel est le sort!

En tous cas, ce ne sera pas beau. Nous autres vieilles gens, mettrions le style avant tout, eux ne visent qu'au solide. Dans leur jargon industriel (chez eux l'industrie est tout, l'art peu de chose), ils articulent même, et je crois entendre le mot de *maisons anglaises*, lesquelles se revendront ou se loueront d'autant mieux et plus rapidement qu'elles seront plus petites. A leur point de vue, ils sont dans le vrai, sous le prétexte assez plausible que, malgré leur nouvelle civilisation, ils ont encore plus de petites bourses que de grandes. Il n'y a pas vraiment à crier si fort au *progrès*, car à Pompéï, s'il m'en souvient bien, c'était déjà de même.

Mais à ce propos de maisons anglaises qui me font frissonner, je me souviens aussi comme d'hier des propos, des cancans, des on dit, qui circulaient au Forum de mon vieux temps. Il en résultait clair et net que notre divin Jules, César, puisqu'il faut le nommer enfin, le vainqueur de la brumeuse Albion, la sauvage Angleterre, *in illo tempore,* ne citait pas précisément ce froid pays et ses enfants déjà industrieux comme le type, le modèle à calquer sur le chapitre artistique.

C'est donc, pour mon double amour-propre d'auteur et de propriétaire, pour mon œuvre si chère et méconnue, injustement méprisée, une déception cruelle. La voir détruire, et pour être ainsi transformée, remplacée!...Par Bacchus! c'est le coup de pied de l'âne. A l'impossible nul n'est tenu. Tout cela peut être vrai me disent les Vitruves du jour; mais il faut hurler avec les loups, vivre avec son temps, où le paletot étriqué a remplacé la toge si ample et si noble! Il faut être pratique, au siècle des lumières; on n'y peut vivre de poésie et de sentiment.

Or, les princes de la finance, ces rois du moment, méprisent totalement le grec, ne veulent sous aucun prétexte du romain, c'est triste à dire pour l'art conspué, et nullement, j'imagine, par opposition à l'empire; mais au résumé, que faire, ô Diomède, de ton bijou démodé, héritage lourd à porter, embarrassant à utiliser, malgré tout son mérite?

La froide raison dit stoïquement, je l'avoue à regret, de prendre avec résolution et courage son parti en brave de ce qu'on ne saurait empêcher; puis la pioche, hélas! d'une main, tout en séchant furtivement de l'autre une larme artistique. Devant l'injustice du sort, mais surtout devant les absurdes préventions, les étroits préjugés des contemporains restés sourds, froids et indifférents à cette tentative hardie, risquée, il n'est que de tristes et légitimes regrets à exhaler inutilement sous forme d'imprécations bien légitimes. Mais il n'est que trop évident *alea jacta est,* il n'est que trop véritable que la barbare combinaison présente est le seul parti, financièrement parlant, qui reste à prendre, d'autant plus qu'il y a dans cette humiliante démolition près d'un petit million à y gagner, et c'est un chiffre.

Après cela tout est dit, tout est fini ! tout va être consommé ; car les temps sont durs et bien durs à ce que disent les doléances universelles.

II.

Oh ! mes dieux lares chéris et un instant retrouvés ! Ma pauvre maison greco-romaine entrevue avec amour un moment comme en rêve, après tantôt dix-huit siècles ! Quelle douce surprise de te retrouver cependant plus belle, plus resplendissante que jadis de modernes, mais d'admirables peintures. Mieux que par moi te voici décorée de fresques charmantes un peu trop décolletées, légères mêmes au début, dit-on, mais actuellement pudiquement retouchées, revues et corrigées, et convenablement pourvues du chaste feuillage ! Nos artistes vaincus, dépassés, eux-mêmes admireraient sans jalousie combien est vif leur éclat, correct le très-classique dessin de Gérôme, et le coloris de Cornu adorable! Nous ignorions ces procédés nouveaux ainsi que le *comfort,* mot barbare, mais que donnent ces beaux vitrages colorés, dépolis, translucides, abritant l'*impluvium* et le *solarium* qui le domine, une partie même du xysthus.

Vieux mauvais sujet de Lucullus, encore cité, toi le prince des Sybarites auprès duquel sont bien peu de chose tous les petits sots et les petits crevés du jour, leurs cocodès et leurs cocodettes, dit-on, si je ne me trompe, qu'aurais-tu dit, dans ton salon d'Apollon, des glaces sans tain et des mille raffinements de leurs inventions si commodes? Aurais-tu dédaigné l'électricité pour sonner tes esclaves empressés, ou, pendant les frimats, leurs calorifères répandant partout une tépide température égale? Toi qui nous as doté du fruit si doux de Cérasonte, aurais-tu apprécié à leur juste valeur, pour tes fleurs rares et surtout pour tes primeurs, les serres tempérées et chaudes? Tu aurais voulu aussi pour tes palais ces cuisines vraiment princières! avec du gaz et partout des eaux jaillissantes. Aurais-tu hésité à joindre ce bain turc digne des sultans de Stamboul la bien gardée, à notre vieux *balnearium,* comme un complément assez réussi du primitif *tepidarium* et même du *frigidarium* un peu arriéré de nos viveurs antiques? Ces bronzes si purs semblent de ton époque et fondus pour toi seul.

Pourquoi faut-il, ô douleur! qu'injustement méprisée, tu revives si peu, ô ma belle demeure tout un poème, toi que je retrouve pavée d'antiques mosaïques de Baïes et des plus riches marbres d'Occident, ornée d'agathe orientale, revêtue d'onix africain. Les malheureux! trouvent ce luxe royal trop froid pour eux, et t'ont déclarée *inhabitable!*

parce que ta majesté, ta grandeur, qui les étonne,
ton ornementation à la fois riche et sévère, ton
jour mystérieux et tranquille ne peuvent aller à
leurs lilliputiennes existences, pauvres et bourgeoises. En vain leur monde et aussi leur demi-
monde, tout ce composé d'oisifs et de désœuvrés,
ce qu'on appelle le tout-Paris, chuchotèrent un
matin à peine de tes somptueuses magnificences,
trop savantes pour eux, mais si heureusement re-
trouvées et restaurées que c'est merveille !

Sénateurs, consuls, généraux, ambassadeurs,
chevaliers, affranchis et parvenus, jusqu'à des
juifs enrichis, esclaves, courtisans et courtisanes,
tous ont voulu admirer un moment, et d'un œil
distrait, les splendeurs de l'*atrium* où le jour est
si doux, si harmonieusement tamisé par le *velum*
de pourpre. Combien même furent heureux d'être
admis par grâce aux festins du *triclinium* et à un
entre autres qui, en retour, furent ingrats jusqu'à
m'insulter, me ridiculiser, m'exposer à la risée des
sots et des niais, moi Diomède, en me traînant sur
les planches de leurs théâtres dégénérés, ce que
Thespis aviné, barbouillé de lie, n'aurait pas osé
commettre ! Comme je les reconnais bien là, ô na-
ture ! toujours affamés, toujours ingrats, toujours
les mêmes dans tous les temps, les parasites.

Tous ont voulu parcourir ton enceinte, à tort
ouverte et livrée aux profanes, uniquement pour
se montrer, toujours vaniteux suivant leur usage.
Ils n'admiraient qu'eux dans ton beau *prothyrum*
ou dans ton *exèdre*. Savaient-ils apprécier les trésors d'érudition qu'il fallut à un architecte savant
et modeste comme à de grands artistes pour recon-
struire et décorer si intelligemment tes vastes
portiques, où dans les splendeurs uniques d'une

brillante nuit de fête, nuit d'hiver et qui ne devait, hélas! plus se renouveler désormais, Auguste et Livie, j'allais dire tout l'Olympe, la cour impériale en un mot, tout entière à l'aise, assistant à la représentation du *Joueur de flûte,* purent se croire reportés au palais des César, en face du Capitole et non loin de la roche Tarpéïenne, aujourd'hui au fond d'une basse-cour.

Ils sont restés froids devant les symboliques et admirables peintures de ton *Andronitis tétrastyle.* Que leur importe à eux et les boiseries de cèdre parfumées et incorruptibles, tes portes somptueuses, uniques, revêtues de bronze et d'or, et cette admirable bibliothèque en bois de *citre,* qui seule aurait dû tenter et séduire un prince. Parlez donc à des parvenus enrichis on sait comment de *Tablinium* ou de *Pynacothèque?* Ils ont cependant vu tout cela, et par centaines et par milliers encore. Les uns, futiles voyageurs pourtant retour de Pompéï, n'y comprenaient pas grand'chose; presque tous, le plus grand nombre, disons-le, n'y comprirent même rien du tout et sortaient le sourire du mépris sur leurs lèvres, en disant c'est triste, cela *ne ressemble à rien* et *ne saurait être habitable!* Il y fait sombre, le style Louis XVI est plus *joli* et bien plus coquet!... Que leur faut-il donc à ces gens si méprisants et si blasés sur le beau, ignorant l'art et les traditions historiques? Des nids à rats étroits, de petits boudoirs badigeonnés de blanc de céruse, relevé uniformément des mêmes moulures et rosaces de plâtre doré, voilà leur magnificence. Soyez heureux, et que le prétendu Pompadour, le rococo en carton pâte et les papiers de couleurs aussi vous soient légers, ô fils du progrès, dénigrant, détruisant tout ce qui fut beau avant vous, ce qu'aimaient vos aïeux, dont vous n'avez plus rien, pas même le goût, pas même la taille ni l'élégance, encore moins les formes et la politesse.

De mon temps on le répétait déjà cet axiôme si vrai : *Un peuple n'a jamais que ce qu'il vaut, que ce qu'il mérite.*

Les modernes tels que je les revois ont dissimulé et perfectionné nos vices. Je les retrouve au fond identiques et toujours les mêmes. Plagiaires, ils ont conservé des mots vides jusque dans leur sénat. Le nôtre, plus respectable, n'était pas *payé*, mais héréditaire! Dans le leur, un cynique prétendait naguère encore, avec esprit et non sans raisons, que sur les chaises curules, qui ne sont plus d'ivoire mais des banquettes élastiques vulgaires, toutes *les opinions se trouvaient représentées.* Ils sont toujours légers, inconstants, frondeurs, et ne diffèrent de nous que par leur affreux costume, remplaçant la tunique, la robe virile et les plis ondoyants du manteau et du *peplum* par l'habit noir aussi grotesque que leur ignoble chapeau en tuyau de poêle. Mais ils se trouvent heureux de leur sort et sont contents surtout de leur transformation, ayant conquis avec leurs immortels principes de 89 la dure et barbare *conscription* qui, plus que jamais, arrachera les pauvres enfants des bras de leurs pères désolés, au foyer de l'indigence, et les enlève à la charrue pour engraisser de leur sang généreux les plages lointaines où Bellone, saisie d'horreur, si elle revenait, serait épouvantée de ces modernes hécatombes! Cet impôt si barbare du sang, ce *vectigal* tout moderne, le plus lourd de tous et qui fait verser tant de larmes aux mères désolées, dans nos plus mauvais jours de tyrannie, aux pires turpitudes de l'empire en décadence, nous avions au moins su l'éviter, que dis-je, nous n'aurions jamais pu le comprendre. Et pourtant nos légions romaines, sans la poudre et la vapeur, ont-elles conquis et vaincu le monde d'alors, le monde connu des anciens? Ils se proclament le peuple souverain, et souverain de quoi? En vérité ils ne sont pas difficiles!... Nous autres, nous étions au moins le peuple-roi, les maîtres du monde. Dans leur prétention à nous singer, que n'ont-ils donc aussi conservé encore sur les aigles victorieuses de leurs légions toujours vaillantes le classique S. P. Q. R. du *césarisme* romain, que dans un temps donné les antiquaires pensionnés, si leurs budgets monstrueux continuent de ce train-là, ce qui est plus que probable, pourraient couramment traduire en langue vulgaire par : SOT PEUPLE QUI (se) RUINE.

Ma pauvre maison, *domus mea,* que dans leur futilité ils ne pouvaient ni comprendre, ni apprécier, et pour cause, tu vas donc rentrer dans l'abîme de l'oubli, d'où un prince tout à la fois guerrier et instruit n'aurait jamais dû te faire sortir pour la honte de ses flatteurs. Tu vas redevenir non pas tout à fait vile poussière encore, mais du vil moëllon à bâtir et qu'ils cuberont au rabais, vile matière. Pour ces gens-là, c'est tout ce que tu peux valoir, et qui se ressemble s'assemble.

En vain tous les savants officiels et étrangers, l'aristocratie en *us* de la république des lettres, où plus que partout ailleurs *l'égalité* est un mythe, furent convoqués et consultés à l'aurore si brillante de ton inutile résurrection éphémère. Ils opinèrent vainement, comme jadis les fées bienfaitrices du moyen-âge réunies près du berceau d'une princesse pour la douer et la doter de mille qualités, lui prédire toutes les prospérités imaginables. Pour toi, ces philosophes et ces lettrés n'ont eu ni les souhaits heureux, ni la plume, ni la main heureuse et furent de faux prophètes de malheur.

Mais par Jupiter! serais-tu donc une triste victime dévouée aux pâles furies vengeresses comme autrefois Ilion de si ennuyeuse mémoire? Es-tu la victime des fureurs sourdes mais implacables, infernales et lâches de quelque Déitée irritée, car le personnel de notre vieux Panthéon, de nos dieux payens, n'est déjà pas si délaissé, si abandonné que je sache et voit se perpétuer le culte de ses adorateurs très-nombreux par le temps qui court. Ce n'est point un éloge. Serait-ce l'orgueilleuse *Junon* ou *Aphrodyte, Vénus Callypyge* ou *Bacchus* toujours très-fêté, *Plutus* dieu plus que ·jamais, Mercure toujours voleur et devenu loup cervier à la bourse sans nuire à ses talents diplomatiques d'entremetteur? Le veau d'or et compagnie enfin poursuivent-ils ta démolition pour cause *de haine et de rancune personnelle,* sous prétexte qu'ils ne reçurent pas chez moi assez place au feu et à la chandelle?

Je me le demande. Quoi qu'il en soit, ce furent science, paroles, prédictions, temps et peines perdus après avoir si doctement disserté et recherché, discuté tes dimensions primitives, ton ornementation sobre et correcte ne laissant rien à désirer, mais qui ne peuvent te trouver une utilisation, une destination *honnête,* quel temps !... et qui seront, malgré leur incontestable perfection, impuissantes à te sauver, trois fois hélas !

Tous ces mondes divers et ces demi-mondes aussi ne purent donc te porter bonheur, te faire

vivoter au moins en te rendant les destins favora-
bles. *Sic fata voluerunt* ou *voluere!* c'était écrit;
il faut s'incliner, il n'y a plus rien à dire. Mais
que n'ont-ils au moins tous ces gens-là consulté,
interrogé les *Aruspices* et les *Augures,* car il doit
toujours s'en trouver, en exister encore (ce qu'ils
appellent *des malins*), et comme les nôtres ne
pourraient-ils de même aussi se regarder sérieu-
sement sans rire, au moins sans rougir souvent
en interrogeant le vol (pardon du calembour) des
oiseaux de passage. Quant aux pauvres dindons,
les poulets, voulais-je dire, les moutons, si vous
l'aimez mieux, pauvres victimes, on ne s'inquiète
plus beaucoup de leurs appétits, on les mange, on
les plume, on les tond plus que jamais, si je ne
m'abuse, et sans plus les consulter en rien, si ce
n'est pour la forme quelque fois peut-être. Le suf-
frage universel, bien compris, *intelligemment
dirigé,* est une belle chose.

C'en est donc fait, *tu quoque,* et toi aussi chère
maison fourvoyée si maladroitement au travers
de l'égoïste et superficielle civilisation moderne et
nouvelle, tu vas finir pour la seconde fois! Malgré
ton auguste et haute origine, malgré ta princière
auréole scientifique et philosophique que t'im-
prima la main *stoïque* et puissante, non pas d'un
simple Mécène, mais bien s'il vous plaît de ce
César déclassé, suivant l'expression heureuse et
restée célèbre d'un certain *rhéteur,* assez piètre
grammairien, à bout de flagorneries à couper au
couteau et presque séditieuses, malgré tout il faut
te voir anéantir, assister à ta ruine.

Et pourtant cette main qu'on dit économe, par-
cimonieuse même, peut-être en vue d'un avenir
radieux, après tout, si sûr en apparence, a-t-elle

cette main des marches du trône assez généreusement répandu l'or à grands flots sur toi et prodigua-t-elle assez des millions de *sesterces* pour que rien ne vînt à manquer aux somptuosités artistiques de ta complète mais vaine résurrection, comme aux recherches, aux commodités de la vie actuelle, la plus exigeante et la plus raffinée? Les flatteurs criaient : C'est divin, c'est adorable, nous avons enfin retrouvé l'*antique;* Rome et Athènes sont éclipsées. Mais la foule silencieuse et sévère répondit : Fantaisie d'un jour, caprice de prince et inutile gaspillage; coûteuse, futile et stérile prodigalité comme la *trirème,* qui, elle aussi, a coûté fort cher, tout cela n'étant bon qu'à démolir!

Ainsi donc, la foule rancuneuse des contribuables, aussi très-corvéables, quoi qu'on en dise, aura donc raison, et la démolition, ignoble fin, le dernier mot! Les Gaulois n'en garderont qu'un fugitif souvenir, quelques bons mots, des photographies et la *Vie de César.....* Tu vas tomber, pauvre maison à peine restaurée au pâle soleil du second empire, comme une parvenue du jour passer sous le laminoir et les fourches caudines du triste niveau égalitaire de ton époque et misérablement finir sous la brutale étreinte de la spéculation destructive. L'ignare et misérable question d'argent va donc l'emporter sur les arts, la science et l'histoire.

Auri sacra fames! eussions-nous crié. *Vanitas vanitatum!* ont dit les chrétiens plus justement depuis nous. *Dura lex, sed lex,* nécessité n'a pas de loi, car les centimes additionnels et les doubles décimes de guerre intelligemment combinés au principal et intérêt des quatre contributions, et à beaucoup d'autres encore qu'on ne saurait compter, ne tendent pas à diminuer, bien loin de là, crient les pauvres diables de propriétaires largement, royalement, que dis-je, *impérialement* mis à contribution par *douzièmes,* et il faut vivre.

Puisque tu ne peux l'éviter, consolons-nous tant bien que mal à la triste pensée de la disparution, non moins déplorable, de tant de regrettables souvenirs perdus, de témoins des vieux âges disparus. Comme toi, il fut aussi bien des joyaux vieux et neufs sacrifiés dans la grande ville. Vaniteuse cité, mais futile et légère, insouciante, oublieuse de tes plus beaux et curieux atours, que de choses les barbares *édiles,* qui te sont imposés comme ton lourd budget, n'ont su dans leur imprévoyance inepte te conserver? Contre vents et marées, contre les prières et aussi les supplications, je dirai même contre les suprêmes imprécations furibondes de tout un peuple, à bon droit indigné, se disant souverain, mais qui n'est pas le maître! n'a-t-on pas inexorablement *renivelé* le Champ-de-Mars après le joujou colossal de l'Exposition, qui pouvait durer plus d'un jour, au moins dans ses mille et mille annexes si curieux? Ils eussent doté Paris d'un parc merveilleux, sans égal au monde, féerie unique dans l'univers entier, dont il rassemblait à la fois tous les monuments, les temples et les palais, comme les chaumières et les tentes! toutes les civilisations, toutes les architectures! Mais que leur importe pour faire manœuvrer la garde impériale? Par Pluton! est-ce assez insensé?

Hier encore, n'ont-ils pas également mutilé, en dépit d'inutiles protestations revêtues d'innombrables signatures, par une avarice despotique, uniquement pour revendre et gaspiller ses ter-

rains, le beau jardin du Luxembourg déshonoré,
dont l'immensité imposante et la beauté eussent
fait pâlir et ceux de Saluste et même ceux de la
maison dorée de Néron sur le Palatin, que l'on
fouille encore en vain à Rome actuellement sans
y rien trouver après les Farnèses. On dirait, en
vérité, que ce qui est grand est trop grand pour
eux et ce qui est beau trop beau.

Lutèce, Lutèce! tu as détrôné la ville éternelle,
dont les yeux sont en ce moment vers toi tournés!
Que tes prospérités inouïes ne t'aveuglent pas en
ces jours d'épreuves pour la vieille reine du monde;
car si jamais oubliant ton passé glorieux tu venais
à l'abandonner dans sa détresse, sa malédiction!
ses anathèmes! tu l'as vu déjà, tu le sais, portent
malheur, je ne t'en dis pas davantage!

Gare à la nouvelle invasion des barbares du
dedans, plus barbares que ceux qui furent les
terribles instruments des vengeances célestes;
plus barbares mille fois que les hordes d'Attila,
que les *Goths,* les *Visigoths* et les *Ostrogoths.*

Je sais bien qu'il est des esclaves repus et cou-
ronnés de roses en un continuel festin qui répon-
dront : courte et bonne.... et qui vidant leur coupe
fragile, où le Champagne a remplacé le Falerne,
diront : que nous importe l'avenir, quoi qu'il ar-
rive, nous nous serons toujours b...ien amusé!.....
Ce n'est que trop exact. Et un de leurs peintres
modernes leur montrait l'orgie romaine....

III.

Sous prétexte de la réédifier il la démolit d'abord pour commencer l'inflexible dictateur qui gouverne la ville aimée de Julien l'Apostat; celle qu'il préférait à toutes les autres de son vaste empire, ce cauteleux philosophe couronné mais dissimulé et fourbe. Ce dictateur omnipotent l'administre tambour battant, sous son bon plaisir, sa bonne ville, et choisit sans la consulter, sans façon, aussi bien les censeurs et les soi-disant tribuns du peuple que le dernier de ses licteurs. Comme des oracles sans appel du Jupiter olympien fronçant ses terribles sourcils, ses volontés sont des arrêts redoutables sous le gouvernement personnel du maître.

Les Gaulois, toujours changeants et avides de nouveautés, sont faits pour les vains et pompeux discours, et les mots creux d'un stérile et faux parlementarisme, toujours illusoire tant qu'il ne sera pas réglé par un minutieux et régulier *contrôle*. Ils sont faits aussi pour toujours fronder, toujours crier comme les grenouilles de la fable. Ils renversèrent plus d'un gouvernement aux cris de *liberté, libertas* qu'ils ne cessent de chercher en aveugles dans des révolutions toujours ruineuses. Au fait, ils ont très-peu besoin de cette liberté qu'ils invoquent sans cesse et sans la comprendre, et n'ont soif, au fond, que d'*égalité*. Ils ne veulent autour d'eux que le *médiocre* en tout, ayant l'horreur la plus insurmontable et la plus complète de toute supériorité qui les offusque.

De capitale modeste du Parisis, leur *urbs* prétendrait devenir modestement la capitale de l'univers, ce que les farouches Germains, fils des vainqueurs de Varus, leur contestent avec menaces en ce moment surtout. Brillante cité, reine incontestablement de la mode et du plaisir, si longtemps tracassière et houleuse comme une mer agitée par les tempêtes des passions populaires, il ne s'agit plus de donner *des leçons au pouvoir!* — Tu as fini là par trouver un magistrat infaillible à la main ferme et dure. Aussi en rions-nous assez dans l'autre monde? Ce préfet du prétoire dont le nom est dur aussi, évidemment comme semble l'indiquer ce nom guttural, doit être d'origine au moins alsacienne, nous eussions dit germanique d'après *Tacite,* notre grand et sévère historien, nom exotique et que jamais notre belle langue de *Juvénal,* de *Suétone,* mais surtout du *Tacite* déjà cité (lui qui pourtant s'y connaissait..... en germain s'entend), n'aurait jamais pu prononcer librement sans l'écorcher légèrement peut-être.

Cet homme habile, mais peu artiste, serait-il de la tribu des Sarmates, ou du pays des Welchs, en fait d'art au moins, lui qui, tout *aux affaires du jour* ne comprit pas et laisse détruire sans s'émouvoir la pauvre maison de Diomède, lequel indigné se tait et l'attend pour se venger au sombre royaume.

César au moins devait y placer l'inutile et coûteux musée *Campana* qui fut payé si cher, c'était là sa place, et ne pas assister impassible à sa triste démolition après l'avoir laissé construire! On n'eut pas alors crié à la prodigalité, aux dépenses folles et inutiles, au jouet, au hochet princier, ruineux et futile comme ne s'en gênent pas les Zoïles! Ils se tromperaient grandement, les pasteurs des peuples, s'ils croyaient les peuples contents.

En effet, les citadins ne bronchent plus, du moins en apparence, et s'observent au Forum et sur les places publiques; car ils savent qu'il faut payer et se taire, toujours payer, payer pour tout, pour vivre chèrement commè pour mourir; payer et sans se plaindre, mais marcher droit. Aussi se vengent-ils lorsque rentrés au foyer domestique ils font des mots souvent aussi *très-durs*. Ils prétendent que la *majorité* de leur aréopage aura beau faire elle tombera manquant désormais *d'adresse,* etc., etc.

Cependant, depuis certains consulats plus ou moins prospères et certaines expéditions lointaines, ils se plaignent de repayer plus que jamais et sont d'autant moins portés à rire et à plaisanter qu'ils payent davantage et s'inquiètent de l'avenir.

Cependant il est tels et tels irresponsables proconsuls, les uns encore debout, les autres déjà tombés ou morts à la peine *(fructus belli)* dont les noms prêtent, surtout leur administration et quelquefois même aussi leur vie intime, ce qu'on appelle le déshabillé, lorsque la toile tombe.

Mais lorsque tombera le péristyle doré de mon beau palais, lequel, suivant les Catons, eut toujours, aux yeux des sages, le tort originel de rappeler un peu déjà trop la décadence! Les chastes matrones de cette opulente *curie* aristocratique se demanderont, justement étonnées, pourquoi, à quelques coudées seulement, à peine à un demi-stade tout au plus de mes murs renversés jusque dans leurs fondements, pourquoi, dis-je, une blonde et jadis célèbre étrangère venue de la Gaule Belgique, célèbre par ses charmes et sa fortune, mais surtout par l'effroyable, la scandaleuse ban-

queroute d'un tabellion, notaire intelligent, l'un
des siens, et qui portait son nom (il restera aussi
célèbre), et ruina des familles sans nombre, oui,
pourquoi a-t-elle trouvé grâce pour *sa villa* insi-
gnifiante devant le farouche et incorruptible dictateur? Ah! c'est sans doute que la vertu finit tôt
ou tard par trouver ici bas déjà sa juste et légitime
récompense. Quoi qu'il en soit, cette maison bien
située, au rond point de la voie triomphale, mais
après tout vulgaire, ordinaire et sans le moindre
style, n'eut jamais, que je sache de remarquable,
qu'un modeste appendice, sa niche *à Fidèle,* qui
l'ingrat pourtant fut, lui aussi, infidèle un jour!
Ce qui ne lui porta pas bonheur, car sa mémoire
même n'est pas en vénération. Elle n'en fut pas
moins cette villa non-seulement conservée aux
Parisiens qui n'en avaient nul souci, mais encore,
spéculation médiocre, *impérialement* payée par
le trésor obéré de la cité grande. L'édilité pour
l'utiliser aujourd'hui s'est fait un plaisir d'y abriter
à un fort mince intérêt, dit-on, un Cisalpin, grand
ennemi du pontife de Rome! un *Piémontais* jadis,
aujourd'hui un *Italianissime!* Comme les noms et
les mots changent!

Il doit s'y carrer fort à son aise et *croit* y repré-
senter l'Italie une et régénérée, mais jusqu'à présent pas riche! Fassent les dieux, pauvre patrie,
pauvre Italie, battue sur terre et sur mer, ruinée
et conspuée, que le nom lugubre et sinistre de ton
envoyé avec ses maigres festins *du commandeur*
ne te jette un mauvais sort de *Jettatore* et ne soit
pour ton avenir un sombre et triste augure, un
noir présage!.... Ah! c'en est trop et qu'on me ra-
mène désillusionné au pays des ombres!

J'en ai vu assez et peut-être trop dit déjà pour

un certain *M. Communiqué* qu'on prétend plus que susceptible.

Mais en partant pour retourner d'où je suis un instant revenu, hélas! Merci, merci, ô bon et charitable Gaulois, honnête *pater familias,* simple, un peu trop simple même pour ton siècle égoïste et avant tout utilitaire.

IV.

Avec une fermeté digne d'un meilleur sort et d'une autre cause, tu as lutté intrépidement et noblement près d'un *lustre* contre la méchante destinée de mon pauvre immeuble, incompris de la foule inepte et injustement délaissé par son restaurateur auguste mais inconstant. Je te rends au moins grâce de tes efforts pour le sauver; honneur au courage malheureux, car à toi je puis dire avec notre vieil Horace : *Impavidum ferient ruinœ!*

Vale. Adieu, triste je retourne dans l'autre monde, mais consolé s'il se peut encore d'avoir au moins rencontré ici bas un seul ami généreux, ô honte! Quelques-uns pourtant admirateurs du beau, aimant l'art dans toutes ses incarnations diverses, t'encouragent timidement du geste et de la voix et te crient : *Euge!* mais stériles encouragements, leur voix se perd dans le désert de l'indifférence et de la vie agitée et tumultueuse.

Toi seul m'apprécias efficacement en risquant ton patrimoine, toi seul m'a défendu jusqu'ici, et osas me protéger, sus me comprendre.

Animé du feu sacré, tu as présumé trop de tes contemporains et inutilement, généreusement tenté de sauver mes Lares, de préserver mon foyer domestique non-seulement de la destruction barbare, de la spéculation sans entrailles, de la démolition enfin inintelligente et sauvage, mais par Jupiter vengeur de profanations cent fois pires encore... Que ne puis-je malheureusement, pauvre ombre affligée, reconnaître ton désintéressement mieux, autrement que par de vaines gratulations et des vœux stériles!

Merci donc, et puisse la fortune toujours te sourire, puisse un sort prospère récompenser tes charitables efforts! Dans une naïveté trop grande, il est vrai, qui te peint, mais qui t'honore à ton époque si rapace et avant tout calculatrice, sans tenir compte de l'avarice et de l'avidité des hommes, tu avais le grand tort de compter sans la routine des maisons blanc et or, sans doute en vertu de l'égalité, toutes les mêmes, toutes semblables, et sans les sots préjugés aussi qui s'opposent à toute innovation; sans la mode en un mot dont l'art lui-même et bien plus que tout autre doit être le très-humble serviteur et l'esclave. Tu croyais rencontrer quelque noble étranger, tu avais le tort extrême d'espérer qu'il se trouverait quelqu'autre prince éclairé qui reprendrait en la continuant l'œuvre du premier prince qui m'abandonne. Erreur!....

Mais l'orage effrayant qui gronde toujours et monte sans cesse au nord de la Germanie retient les nobles étrangers loin de Lutèce. Les craintes de voir rouvrir les portes du temple de Janus, et Mars dans ses fureurs couvrir de nouveau le monde de cadavres palpitants et de ruines incalculables, paralyse tout, arrête tout. Une anxiété profonde saisit les peuples et les rois qui s'en vont. Ce mot sinistre *la guerre,* horrible fléau, la guerre et ses horreurs, à tort ou à raison, n'en est pas moins dans toutes les bouches, au fond de toutes les préoccupations, du palais jusqu'à la chaumière. Puisse le ciel et César vous en préserver !

Vainement tu compterais donc sur l'épargne arrondie, sur les trésors plus ou moins légitimes de quelque parvenu ou riche *affranchi* ayant fait, comme ils disent entre eux, *des affaires,* pour conserver, si faire se pouvait, à vos neveux plus érudits et surtout plus artistes, espérons-le, la solution heureuse, la résolution complète du problème non sans quelque intérêt, certes non sans mérite auprès des gens sérieux et non sans grandes et surtout coûteuses difficultés vaincues, admirablement surmontées des exigences de votre climat froid et destructeur, si parfaitement conciliées avec les traditions antiques dont la tourbe n'a nul souci et qui ne sont point cotées à la Bourse ! Signe des temps ! On dit les Dieux partis déjà, bientôt l'art de même.

Longtemps tu espéras rendre service à tes voisins en leur proposant, la seule chose qui leur manque, mes *pénates* que tu leur ouvrais pour en faire ce que vous appelez un cercle. Il eût été aussi commode que splendide et sans rivaux et sans pareil, et cependant ils n'en ont pas même voulu pour en faire l'essai, ne t'ont pas plus compris que secondé ; mais ils le déploreront comme toujours lorsqu'il sera trop tard.

Un personnage, deux fois consulaire et nouveau Cincinnatus, préférant la culture de ses champs et le culte de Cérès à la politique tortueuse et trop souvent décevante, t'inspira un moment, par son noble et beau caractère, l'espoir si légitime, après avoir échappé aux écueils, d'entrer finalement au port, et ce fut un naufrage. Chez moi, tu voulus installer, — noble et utile destination, la meilleure

de toutes, — grande et heureuse idée, une innovation pouvant être bien féconde, en voie de forma-
tion, une puissante *association agricole* dont on
présumait beaucoup trop aussi, qui promettait
d'heureux résultats, on l'espérait du moins, et non
sans besoin. En effet, chez vous l'agriculture étran-
glée, jugulée par le fisc et les impôts écrasants et les
traités de commerce, etc., mais surtout rendue
bientôt impossible par le *partage égal* détruisant
tout, les fortunes et les familles, cause du morcel-
lement infinitésimal; chez vous, l'agriculture nour-
ricière est bien délaissée, bien malade, hélas!

Hélas! encore, oui je le redirai là-bas, elle aussi,
la *Société des grands agriculteurs des Gaules*, tout
comme la fameuse et trop stérile *enquête agricole,*
cet os à ronger qu'on jeta aux 25 millions de culti-
vateurs, me fait totalement l'effet d'une nouvelle
mystification complète de plus, comme tant d'autres à joindre à tant d'autres. Redoute-t-on qu'*indépendante* et libre *chez elle,* dans ce *Louvre* qui
semblait fait pour elle, fait pour la grandir promp-
tement et lui attirer les adhésions sans nombre
de la province intéressée à sa réussite (car on aime
là plus qu'ailleurs ce qui brille et parle aux yeux),
elle ne devint trop prospère?

Craindrait-on, par hasard, que, *possédant* par
une facile *mise en actions* le siége de son établis-
sement stable, assurant son indépendance où se
trouveraient réunis à l'aise tout à la fois un véritable cercle d'agriculture à très-bas prix, et les
bureaux, et les commissions diverses, les rensei-
gnements agricoles variés et centralisés pour la
viticulture et la sériciculture, etc., et la bibliothèque agricole, et le centre de publication d'une
revue agricole, et dans les princières écuries adja-

centes encore des expositions faciles et perma-
nentes, des ventes même d'animaux reproducteurs,
d'instruments perfectionnés, de machines, de tous
produits, spécimens, semences, laines, grains, etc.;
enfin, et en un mot, de toutes les choses des
champs, de tout ce qui tient et provient de la
terre qui nous fait vivre! Serait-il vrai et possible,
disent les gens soupçonneux et clairvoyants, qu'on
redoute son extension trop rapide, et que devenue
une nécessité, *mais trop puissante,* il ne fallût un
jour, traiter et compter avec elle, cette société,
comme l'expression libre et sincère, la personnifi-
cation vraie des besoins, l'organe et l'intermédiaire
direct des intérêts agricoles. A l'époque de liberté
où ils vivent, je crois tout et je crains tout.

Certes! si on ne veut l'amuser et l'endormir,
l'étouffer dans son origine pour l'empêcher de
trop grandir dans la crainte d'y voir poindre une
tribune, et ainsi un danger par une représentation
trop efficace et devenant l'État dans l'État, si cette
accusation est prématurée et inexacte, alors l'État
lui-même aurait dû ici intervenir et prendre l'ini-
tiative. Alors, l'argent dépensé pour faciliter et
hâter même ce résultat, pour subventionner cette
installation utile, aurait eu, chose exceptionnelle,
l'approbation générale. Or, il n'en est pas souvent
ainsi. Mais ni la ville, ni l'État, ni César! ni les
consuls, ni les musées, ni les beaux-arts, ni les
richards, ni les princes, ni les nababs, ni l'agriculture et la sylviculture, etc., etc., ne s'inquiètent de cette prochaine destruction regrettable
d'un monument curieux, qu'il eût été très-facile
de sauver en l'utilisant, mais plus simple et
plus économique surtout de ne pas ériger à si
grands frais, devenus ainsi totalement inutiles.

Ce qui est bien rare actuellement, ô Gaulois modéré dans tes désirs, tu méprisas l'or, ce vil métal pour lequel tant d'autres *se vendent!*.... Jamais tu n'as voulu consentir à faire de ma belle demeure déshonorée un vil café chantant ou une ignoble taverne qui eût effacé pourtant sans peine et la *Maison-d'Or*, ou ton célèbre voisin, le *Petit-Moulin-Rouge*, avec de superbes cabinets de société, des exhibitions de Romaines légèrement vêtues et *altri mali ;* on y aurait célébré des *lupercales* et des *bacchanales,* dont l'éclat eût certes! attiré la foule et des recettes monstres!....

Jamais non plus tu ne voulus y laisser établir un somptueux *Mabile d'hiver* ou pis encore pour les ébats joyeux de la jeunesse dorée et les Phrynées et les Aspasies, les Cocottes de la moderne Athènes. Tu n'es pas de l'avis de Vespasien!....toi.

Merci donc encore et adieu, je te pardonne sa disparution indubitable et prochaine. Trahi, abandonné par ceux-là même qui devaient la protéger, je préfère encore pour elle l'injuste dédain et l'oubli, le néant, la démolition même, tout, plutôt que le sort infortuné, la destination immonde dont tu la sauvas par sa ruine, préférable à l'humiliation de la dégradation, de la décadence. Sans toi, son dernier maître, d'après le peu que j'entrevois, le peu que j'entends dire, mes Mânes irritées, outragées eussent pu un jour, comme une âme en peine, c'est le cas de le dire, lire, mais *proh pudor!* tu ne l'as pas voulu, lire sur le marteau de ma porte d'entrée, suprême humiliation :

HIC HABITAT FELICITAS....

DIOMÈDE.

www.ingramcontent.com/pod-product-compliance
Lightning Source LLC
Chambersburg PA
CBHW061607180626
46818CB00005B/1991

* 9 7 8 2 0 1 4 4 7 0 1 7 8 *